_____ 님께 이 책을 드립니다.

김용택의
필사해서 간직하고 싶은 한국 대표
시

어쩌면 별들이
너의 슬픔을
가져갈지도 몰라 *클래식

감성치유
라이팅북

김용택의
필사해서 간직하고 싶은 한국 대표
시

어쩌면 별들이
너의 슬픔을
가져갈지도 몰라 ★클래식

위즈덤하우스

이름만 들어도 가슴 떨리던
시인들이 있었습니다.
내 푸른 청춘을 달래던 그 시들.
윤동주, 한용운, 김소월, 백석, 이용악, 박용래,
김영랑, 신석정, 이병기, 박목월
그분들의 시 100여 편을 한자리에 모았습니다.
오래전의 일들이
새삼스러운 오늘이 된 시들입니다.
한 편의 시가 한 사람의 인생을
바꾸어놓을 수는 없겠지만,
주저앉아 우는 어떤 사람의 한순간을
일어나게 할 수 있다는 믿음을
나는 아직도 놓지 않고 있습니다.

2017년 6월에
김용택

손으로 읽고 마음으로 새기는 감성치유 라이팅북

김용택의 필사해서 간직하고 싶은 한국 대표시
《어쩌면 별들이 너의 슬픔을 가져갈지도 몰라+클래식》을
소개합니다.

《어쩌면 별들이 너의 슬픔을 가져갈지도 몰라+클래식》은 한국을 대표하는 시인들의 명시 113편을 읽고 필사하는 감성치유 라이팅북입니다. 왼쪽 페이지에는 시인이 쓴 시의 전문을 실었고, 오른쪽 페이지에는 독자가 시를 필사할 수 있는 감성적인 여백을 마련하였습니다.

《어쩌면 별들이 너의 슬픔을 가져갈지도 몰라+클래식》은 시를 필사하는 즐거움을 알려주었던 《어쩌면 별들이 너의 슬픔을 가져갈지도 몰라》, 시인의 질문에 답을 써 내려가며 뜻깊은 여정을 함께했던 《어쩌면 별들이 너의 슬픔을 가져갈지도 몰라+플러스》의 후속작입니다. 시리즈의 세 번째 책인 '클래식'에서는 한국 시의 아름다움을 재발견하는 가치 있는 시간을 선물합니다.

하나, 113편의 주옥같은 작품을 감상하며 필사하는 즐거움을 드립니다.

'고전', '클래식'이라 불리는 데는 이유가 있습니다. 과거의 작품이지만 지금 읽어도 아름답고 감동적이기 때문에 많은 이들에게 오랫동안 사랑받는 것이 아닐까요? 113편의 작품을 눈으로 읽고 소리 내어 읽어보세요. 그리고 오랜만에 펜을 쥐고 또박또박 필사해보세요. 한글의 의미를 시적으로 형상화하고, 단어의 가치를 다시금 깨닫게 하는 시어들이 여러분의 가슴에 별처럼 박힐 테니까요. 고운 색감의 페이지가 필사하는 시간을 더욱 따뜻하고 감성적으로 만들어줄 것입니다.

둘, 한국을 대표하는 문인들의 명시를 한자리에서 만나볼 수 있습니다.

윤동주, 김소월, 김영랑 시인은 한국인이 가장 사랑하고 존경하는 시인입니다. 또한 한용운, 백석, 박용래, 박목월, 이용악, 신석정, 이병기 시인은 교과서에서 한 번쯤 보았던 시인이지만 여러 작품을 제대로 감상할 기회는 없었을 겁니다. 한국 대표 문인 10명의 작품 중 대표작과 함께 필사하기 좋은 시를 엄선해서 꾸렸습니다. 아름답고 명징한 작품 101편을 책 속에서 만나보세요.

셋, 유명한 시 외에도 숨어 있는 작품을 발견하는 기쁨을 선사합니다.

10명의 대표 시인의 작품 외에도 김용택 시인이 아끼는 12편의 시를 담았습니다. 조지훈, 신동엽, 박두진, 이육사처럼 익숙한 시인의 숨겨진 시와 임화, 노자영, 이장희 등 낯선 시인이 남긴 보석 같은 작품을 실었습니다. 옛 시가 주는 감동과 여운은 책을 덮은 후에도 계속될 것입니다.

| 차례 |

작가의 말

감성치유 라이팅북 가이드

윤동주

김영랑

한용운

김소월

백석 박용래

이용악

신석정

박목월

이병기

김용택이
뽑은
숨어 있는
명시 12

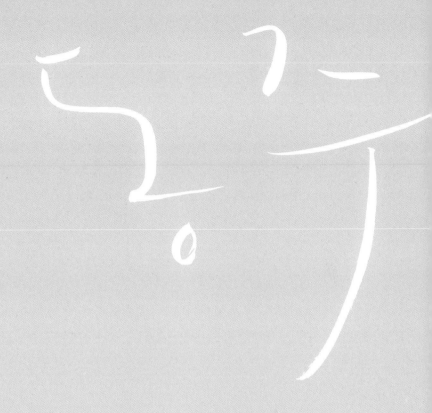

1917년~1945년

일제강점기에 짧게 살다 간 젊은 시인. 어둡고 가난한 생활 속에서 인간의 삶과 고뇌를 사색하고, 일제의 강압에 고통받는 조국의 현실을 가슴 아프게 생각한, 고민하는 철인이었다. 28세의 젊은 나이에 옥중에서 타계하였으며 〈별 헤는 밤〉, 〈자화상〉, 〈서시〉 등 주옥같은 작품을 남겼다.

서시

죽는 날까지 하늘을 우러러
한 점 부끄럼이 없기를,
잎새에 이는 바람에도
나는 괴로워했다.
별을 노래하는 마음으로
모든 죽어가는 것을 사랑해야지.
그리고 나한테 주어진 길을
걸어가야겠다.

오늘밤에도 별이 바람에 스치운다.

•

윤
동
주

귀뚜라미와
나와

귀뚜라미와 나와
잔디밭에서 이야기했다.

귀뜰귀뜰
귀뜰귀뜰

아무에게도 알으켜 주지 말고
우리 둘만 알자고 약속했다.

귀뜰귀뜰
귀뜰귀뜰

귀뚜라미와 나와
달 밝은 밤에 이야기했다.

창구멍

바람부는 새벽에 장터가시는
우리아빠 뒷자취 보구싶어서
춤을발라 뚫어논 작은창구멍
아롱아롱 아침해 비치웁니다.

눈나리는 저녁에 나무팔러간
우리아빠 오시나 기다리다가
혀끝으로 뚫어논 작은창구멍
살랑살랑 찬바람 날아듭니다.

윤 동 주

고향집
- 만주에서 부른

헌 짚신짝 끄을고
나 여기 왜 왔노
두만강을 건너서
쓸쓸한 이 땅에

남쪽 하늘 저 밑엔
따뜻한 내 고향
내 어머니 계신 곳
그리운 고향집

윤
동
주

슬픈 족속

흰 수건이 검은 머리를 두르고
흰 고무신이 거친 발에 걸리우다.

흰 저고리 치마가 슬픈 몸집을 가리고
흰 띠가 가는 허리를 질끈 동이다.

윤
동
주

참 회 록

파란 녹이 낀 구리거울 속에
내 얼굴이 남아 있는 것은
어느 왕조의 유물이기에
이다지도 욕될까.

나는 나의 참회의 글을 한 줄에 줄이자.
—— 만 이십 사년 일 개월을
　　무슨 기쁨을 바라 살아왔던가.

내일이나 모레나 그 어느 즐거운 날에
나는 또 한 줄의 참회록을 써야 한다.
—— 그때 그 젊은 나이에
　　왜 그런 부끄런 고백을 했던가.

밤이면 밤마다 나의 거울을
손바닥으로 발바닥으로 닦아보자.

그러면 어느 운석 밑으로 홀로 걸어가는
슬픈 사람의 뒷모양이
거울 속에 나타나온다.

못 자는
밤

하나, 둘, 셋, 넷
················
밤은
많기도 하다.

윤
동
주

또 다른
고향

고향에 돌아온 날 밤에
내 백골이 따라와 한 방에 누웠다.

어둔 방은 우주로 통하고
하늘에선가 소리처럼 바람이 불어온다.

어둠 속에 곱게 풍화작용하는
백골을 들여다보며
눈물짓는 것이 내가 우는 것이냐
백골이 우는 것이냐
아름다운 혼이 우는 것이냐

지조 높은 개는
밤을 새워 어둠을 짖는다.
어둠을 짖는 개는
나를 쫓는 것일 게다.

가자 가자
쫓기우는 사람처럼 가자
백골 몰래
아름다운 또 다른 고향에 가자.

윤
동
주

눈오는
지도

    순이가 떠난다는 아침에 말 못할 마음으로 함박눈이 나려, 슬픈 것처럼 창밖에 아득히 깔린 지도 위에 덮힌다. 방안을 돌아다보아야 아무도 없다. 벽과 천정이 하얗다. 방안에까지 눈이 나리는 것일까, 정말 너는 잃어버린 역사처럼 홀홀이 가는 것이냐, 떠나기 전에 일러둘 말이 있던 것을 편지를 써서도 네가 가는 곳을 몰라 어느 거리, 어느 마을, 어느 지붕 밑, 너는 내 마음속에만 남아 있는 것이냐, 네 쪼고만 발자욱을 눈이 자꾸 나려 덮여 따라갈 수도 없다. 눈이 녹으면 남은 발자욱 자리마다 꽃이 피리니 꽃 사이로 발자욱을 찾아 나서면 일년 열두 달 하냥 내 마음에는 눈이 나리리라.

윤

동

주

별 헤는 밤

계절이 지나가는 하늘에는
가을로 가득 차 있습니다.

나는 아무 걱정도 없이
가을 속의 별들을 다 헤일 듯합니다.

가슴 속에 하나 둘 새겨지는 별을
이제 다 못 헤는 것은
쉬이 아침이 오는 까닭이요
내일 밤이 남은 까닭이요
아직 나의 청춘이 다 하지 않은 까닭입니다.

별 하나에 추억과
별 하나에 사랑과
별 하나에 쓸쓸함과
별 하나에 동경과
별 하나에 시와
별 하나에 어머니, 어머니,

윤
동
주

어머님, 나는 별 하나에 아름다운 말 한마디씩 불러봅니다. 소학교 때 책상을 같이 했던 아이들의 이름과, 패, 경, 옥, 이런 이국 소녀들의 이름과, 벌써 애기 어머니 된 계집애들의 이름과, 가난한 이웃 사람들의 이름과, 비둘기, 강아지, 토끼, 노새, 노루, '프랑시스 잠', '라이너 마리아 릴케' 이런 시인의 이름을 불러봅니다.

이네들은 너무나 멀리 있습니다.
별이 아스라이 멀 듯이.

어머님,
그리고 당신은 멀리 북간도에 계십니다.

나는 무엇인지 그리워
이 많은 별빛이 나린 언덕 위에
내 이름자를 써보고
흙으로 덮어 버리었습니다.

딴은 밤을 새워 우는 벌레는
부끄러운 이름을 슬퍼하는 까닭입니다.

그러나 겨울이 지나고 나의 별에도 봄이 오면
무덤 위에 파란 잔디가 피어나듯이
내 이름자 묻힌 언덕 위에도
자랑처럼 풀이 무성할 게외다.

윤
동
주

1903년~1950년

본명 김윤식. 1930년 『시문학』 동인지에 서정시를 발표하면서 등단했다. 이어 〈내 마음을 아실 이〉, 〈모란이 피기까지는〉 등의 작품을 내며 1935년 첫 시집 《영랑시집》을 간행하였다. 잘 다듬어진 언어로 섬세하고 영롱한 서정을 노래해 순수서정시의 새로운 경지를 개척했다. 한국어의 시적 아름다움을 극대화한 시인이다.

돌담에 속삭이는
햇발

돌담에 속삭이는 햇발같이
풀 아래 웃음짓는 샘물같이
내 마음 고요히 고운 봄 길 위에
오늘 하루 하늘을 우러르고 싶다.

새악시 볼에 떠오는 부끄럼같이
시의 가슴에 살포시 젖는 물결같이
보드레한 에머랄드 얇게 흐르는
실비단 하늘을 바라보고 싶다.

김
영
랑

숲 향기
숨 길

숲 향기 숨길을 가로막았소

발 끝에 구슬이 깨이어지고

달 따라 들길을 걸어다니다

하룻밤 여름을 새워 버렸소

.

님 두시고
가는 길

님 두시고 가는 길의 애끈한 마음이여
한숨 쉬면 꺼질 듯한 조매로운 꿈길이여
이 밤은 캄캄한 어느 뉘 시골인가
이슬같이 고인 눈물을 손끝으로 깨치나니

모란이
피기까지는

모란이 피기까지는
나는 아직 나의 봄을 기다리고 있을테요
모란이 뚝뚝 떨어져버린 날
나는 비로소 봄을 여읜 설움에 잠길테요
5월 어느 날, 그 하루 무덥던 날
떨어져 누운 꽃잎마저 시들어 버리고는
천지에 모란은 자취도 없어지고
뻗쳐오르던 내 보람 서운케 무너졌느니
모란이 지고 말면 그뿐, 내 한 해는 다가고 말아
삼백 예순 날 하냥 섭섭해 우옵네다
모란이 피기까지는
나는 아직 기다리고 있을테요,
찬란한 슬픔의 봄을.

내 마음을
아실 이

내 마음을 아실 이
내 혼자 마음 날 같이 아실 이
그래도 어데나 계실 것이면

내 마음에 때때로 어리우는 티끌과
속임없는 눈물의 간곡한 방울방울
푸른 밤 고이 맺는 이슬 같은 보람을
보밴 듯 감추었다 내어드리지.

아! 그립다.
내 혼자 마음 날 같이 아실 이
꿈에나 아득히 보이는가.

향맑은 옥돌에 불이 달어
사랑은 타기도 하오런만
불빛에 연긴 듯 희미론 마음은
사랑도 모르리 내 혼자 마음은.

김
영
랑

산골
시악시

산골을 놀이터로 커난 시악시
가슴 속은 구슬같이 맑으련마는
바라뵈는 먼 곳이 그리움인지
동이 인 채 산길에 섰기도 하네

허리띠 매는
시악시

허리띠 매는 시악시 마음실같이
꽃가지에 은은한 그늘이 지면
흰 날의 내 가슴 아지랭이 낀다
흰 날의 내 가슴 아지랭이 낀다

뉘 눈결에
쏘이었소

뉘 눈결에 쏘이었소
왼통 수줍어진 저 하늘빛
담 안에 복숭아꽃이 붉고
밖에 봄은 벌써 재앙스럽소

꾀꼬리 단둘이 단둘이로다
빈 골짝도 부끄러워
혼란스런 노래로 흰 구름 피어올리나
그 속에 든 꿈이 더 재앙스럽소

김
영
랑

못 오실
님

못 오실 님이 그리웁기로
흩어진 꽃잎이 슬프랬던가
빈손 쥐고 오신 봄이 그저 다 가시련만
흘러가는 눈물이면 님의 마음 저지련만

김
영
랑

밤 사람
그립고야

밤 사람 그립고야
말없이 걸어가는 밤 사람 그립고야
보름 넘은 달그리매 마음 아이 서어로아
오랜 밤을 나도 혼자 밤 사람 그립고야

김
영
랑

오-매
단풍 들것네

'오-매 단풍 들것네'
장광에 골붙은 감잎 날아오아
누이는 놀란 듯이 치어다보며
'오-매 단풍 들것네'

추석이 내일 모레 기둘리리
바람이 잦이어서 걱정이리
누이의 마음아 나를 보아라
'오-매 단풍 들것네'

김
영
랑

1879년~1944년

독립운동가 겸 승려이자 시인. 일제강점기 때 시집 《님의 침묵》을 출판했다. 《님의 침묵》의
시 전편은 고도의 상징적 수법과 여성적인 정감의 어조로 사랑을 노래한 서정시이다. 하지만
그 내면에는 잃어버린 조국과 민족의 독립을 향한 강인한 신념과 희망이 담겨 있다. 사상과
실천을 일치시켜 저항운동에 앞장선 대표적 민족시인이다.

나는
잊고저

남들은 님을 생각한다지만
나는 님을 잊고저 하여요
잊고저 할수록 생각하기로
행여 잊힐까 하고 생각하여 보았습니다

잊으려면 생각하고
생각하면 잊히지 아니하니
잊도 말고 생각도 말아볼까요
잊든지 생각든지 내버려두어볼까요
그러나 그리도 아니 되고
끊임없는 생각생각에 님뿐인데 어찌하여요

구태여 잊으려면
잊을 수가 없는 것은 아니지만
잠과 죽음뿐이기로
님 두고는 못하여요

아아 잊히지 않는 생각보다
잊고저 하는 그것이 더욱 괴롭습니다

한
용
운

당신은

당신은 나를 보면 왜 늘 웃기만 하서요 당신의 찡그리는 얼굴을 좀 보고 싶은데
나는 당신을 보고 찡그리기는 싫어요 당신은 찡그리는 얼굴을 보기 싫어하실
줄을 압니다

그러나 떨어진 도화가 날아서 당신의 입술을 스칠 때에 나는 이마가 찡그려지
는 줄도 모르고 울고 싶었습니다

그래서 금실로 수놓은 수건으로 얼굴을 가렸습니다

한
용
운

알 수 없어요

바람도 없는 공중에서 수직의 파문을 내이며,
고요히 떨어지는 오동잎은 누구의 발자취입니까.
지리한 장마 끝에 서풍이 몰려가는
무서운 검은 구름의 터진 틈으로, 언뜻언뜻 보이는
푸른 하늘은 누구의 얼굴입니까.

꽃도 없는 깊은 나무에 푸른 이끼를 거쳐서, 옛 탑 위의
고요한 하늘을 스치는 알 수 없는 향기는 누구의 입김입니까.
근원을 알지 못할 곳에서 나서, 돌부리를 울리고
가늘게 흐르는 작은 시내는 굽이굽이 누구의 노래입니까.

연꽃 같은 발꿈치로 가이 없는 바다를 밟고 옥같은 손으로
끝없는 하늘을 만지면서, 떨어지는 해를 곱게 단장하는
저녁놀은 누구의 시입니까.
타고 남은 재가 다시 기름이 됩니다.
그칠 줄 모르고 타는 나의 가슴은 누구의
밤을 지키는 약한 등불입니까.

사 랑

봄물보다 깊으니라
같산보다 높으니라
달보다 빛나리라
돌보다 굳으리라
사랑을 묻는 이 있거든
이대로만 말하리

한
용
운

나의 꿈

당신이 맑은 새벽에 나무그늘 사이에서 산보할 때에
나의 꿈은 작은 별이 되어서
당신의 머리 위를 지키고 있겠습니다.

당신이 여름날에 더위를 못 이기어 낮잠을 자거든
나의 꿈은 맑은 바람이 되어서
당신의 주위에 떠돌겠습니다.

당신이 고요한 가을밤에 그윽히 앉아서 글을 볼 때에
나의 꿈은 귀뚜라미가 되어서
당신의 책상 밑에서 "귀똘귀똘" 울겠습니다.

한
용
운

님의 침묵

님은 갔습니다. 아아 사랑하는 나의 님은 갔습니다.

푸른 산빛을 깨치고 단풍나무 숲을 향하여 난 작은 길을 걸어서 차마 떨치고 갔습니다.

황금의 꽃같이 굳고 빛나던 옛 맹서는 차디찬 티끌이 되어서 한숨의 미풍에 날아갔습니다.

날카로운 첫 키스의 추억은 나의 운명의 지침을 돌려 놓고 뒷걸음쳐서 사라졌습니다.

나는 향기로운 님의 말소리에 귀먹고 꽃다운 님의 얼굴에 눈멀었습니다.

사랑도 사람의 일이라 만날 때에 미리 떠날 것을 염려하고 경계하지 아니한 것은 아니지만 이별은 뜻밖의 일이 되고 놀란 가슴은 새로운 슬픔에 터집니다.

그러나 이별을 쓸데없는 눈물의 원천을 만들고 마는 것은 스스로 사랑을 깨치는 것인 줄 아는 까닭에 걷잡을 수 없는 슬픔의 힘을 옮겨서 새 희망의 정수박이에 들어부었습니다.

우리는 만날 때에 떠날 것을 염려하는 것과 같이 떠날 때에 다시 만날 것을 믿습니다.

아아 님은 갔지마는 나는 님을 보내지 아니하였습니다.

제 곡조를 못 이기는 사랑의 노래는 님의 침묵을 휩싸고 돕니다.

·
한
용
운

해당화

당신은 해당화 피기 전에 오신다고 하였습니다.
봄은 벌써 늦었습니다.
봄이 오기 전에는 어서 오기를 바랐더니
봄이 오고 보니 너무 일찍 왔나 두려워합니다.

철 모르는 아이들은 뒷동산에 해당화가 피었다고
다투어 말하기로 듣고도 못 들은 체하였더니
야속한 봄바람은 나는 꽃을 불어서 경대 위에 놓입니다 그려.
시름없이 꽃을 주워서 입술에 대고 '너는 언제 피었니' 하고 물었습니다.
꽃은 말도 없이 나의 눈물에 비쳐서 둘도 되고 셋도 됩니다.

한
용
운

복종

남들은 자유를 사랑한다지마는, 나는
복종을 좋아하여요
자유를 모르는 것은 아니지만, 당신에게는
복종만 하고 싶어요
복종하고 싶은데 복종하는 것은
아름다운 자유보다도 달콤합니다.
그것이 나의 행복입니다.

그러나, 당신이 나더러 다른 사람을
복종하라면
그것만은 복종할 수가 없습니다.
다른 사람을 복종하려면 당신에게
복종할 수 없는 까닭입니다.

한
용
운

꿈 깨고서

님이면 나를 사랑하련마는
밤마다 문 밖에 와서 발자취 소리만 내이고
한 번도 돌아오지 아니하고 도로 가니
그것이 사랑인가요.
그러나 나는 발자취나마 님의 문 밖에 가 본 적이 없습니다.
아마 사랑은 님에게만 있나 봐요.

아아, 발자국 소리가 아니더면
꿈이나 아니 깨었으련마는
꿈은 님을 찾아가려고 구름을 탔었어요.

·
한
용
운

나룻배와 행인

나는 나룻배
당신은 행인.

당신은 흙발로 나를 짓밟습니다.
나는 당신을 안고 물을 건너갑니다.
나는 당신을 안으면 깊으나 얕으나 급한 여울이나
건너갑니다.
만일 당신이 아니 오시면 나는 바람을 쐬고
눈비를 맞으며 밤에서 낮까지 당신을 기다리고 있습니다.

당신은 물만 건너면 나를 돌아보지도 않고 가십니다그려.
그러나 당신이 언제든지 오실 줄만은 알아요.
나는 당신을 기다리면서 날마다 날마다 낡아갑니다.

나는 나룻배
당신은 행인.

한
용
운

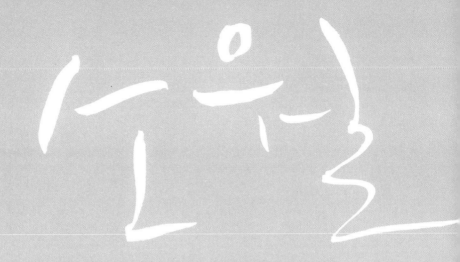

1902년~1934년

본명은 김정식. 한국의 전통적인 한을 노래한 시인이다. 짙은 향토성을 바탕으로 서정적인 작품을 발표해 한국인이 가장 좋아하는 시인으로 꼽힌다. 한국 서정시의 기념비적 작품인 〈진달래꽃〉으로 널리 알려졌으며, 〈금잔디〉, 〈엄마야 누나야〉, 〈산유화〉 등 수많은 작품으로 오늘날까지 사랑받고 있다.

예전엔 미처
몰랐어요

봄 가을 없이 밤마다 돋는 달도
예전엔 미처 몰랐어요.

이렇게 사무치게 그리울 줄도
예전엔 미처 몰랐어요.

달이 암만 밝아도 쳐다볼 줄을
예전엔 미처 몰랐어요.

이제금 저 달이 설움인 줄은
예전엔 미처 몰랐어요.

님과 벗

벗은 설움에서 반갑고
님은 사랑에서 좋아라.
딸기꽃 피어서 향기로운 때를
고초의 붉은 열매 익어가는 밤을
그대여, 부르라, 나는 마시리.

먼 후일

먼 훗날 당신이 찾으시면
그때에 내 말이 잊었노라

당신이 속으로 나무라면
무척 그리다가 잊었노라

그래도 당신이 나무라면
믿기지 않아서 잊었노라

오늘도 어제도 아니 잊고
먼 훗날 그때에 잊었노라

김
소
월

왕 십 리

비가 온다
오누나
오는 비는
올지라도 한 닷새 왔으면 좋지.

여드레 스무날엔
온다고 하고
초하루 삭망이면 간다고 했지.
가도 가도 왕십리 비가 오네.

웬걸, 저 새야
울려거든
왕십리 건너가서 울어나 다오,
비 맞아 나른해서 벌새가 운다.

천안에 삼거리 실버들도
촉촉히 젖어서 늘어졌다데.
비가 와도 한 닷새 왔으면 좋지.
구름도 산마루에 걸려서 운다.

김
소
월

개여울

당신은 무슨 일로
그리합니까?
홀로히 개여울에 주저앉아서

파릇한 풀포기가
돋아 나오고
잔물은 봄바람에 헤적일 때에

가도 아주 가지는
않노라시던
그러한 약속이 있었겠지요

날마다 개여울에
나와 앉아서
하염없이 무엇을 생각합니다

가도 아주 가지는
않노라심은
굳이 잊지 말라는 부탁인지요

·

김
소
월

풀따기

우리 집 뒷산에는 풀이 푸르고
숲 사이의 시냇물, 모래 바닥은
파아란 풀 그림자, 떠서 흘러요.

그리운 우리 님은 어디 계신고
날마다 피어나는 우리 님 생각
날마다 뒷산에 홀로 앉아서
날마다 풀을 따서 물에 던져요.

흘러가는 시내의 물에 흘러서
내어던진 풀잎은 옅게 떠갈 제
물살이 해적해적 품을 헤쳐요.

그리운 우리 님은 어디 계신고
가여운 이 내 속을 둘 곳 없어서
날마다 풀을 따서 물에 던지고
흘러가는 잎이나 맘해 보아요.

진달래꽃

나 보기가 역겨워
가실 때에는
말없이 고이 보내드리우리다

영변에 약산
진달래꽃
아름 따다 가실 길에 뿌리우리다

가시는 걸음 걸음
놓인 그 꽃을
사뿐히 즈려밟고 가시옵소서

나 보기가 역겨워
가실 때에는
죽어도 아니 눈물 흘리우리다

김
소
월

꿈꾼
그 옛날

밖에는 눈, 눈이 와라,
고요히 창 아래로는 달빛이 들어라.
어스름 타고서 오신 그 여자는
내 꿈의 품속으로 들어와 안겨라.

나의 베개는 눈물로 함빡히 젖었어라.
그만 그 여자는 가고 말았느냐.
다만 고요한 새벽, 별 그림자 하나가
창틈을 엿보아라.

가는 길

그립다
말을 할까
하니 그리워

그냥 갈까
그래도
다시 더 한번……

저 산에도 까마귀, 들에 까마귀,
서산에는 해 진다고
지저귑니다.

앞 강물, 뒷 강물,
흐르는 물은
어서 따라 오라고 따라 가자고
흘러도 연달아 흐릅디다려.

김
소
월

초혼

산산이 부서진 이름이여!
허공중에 헤어진 이름이여!
불러도 주인 없는 이름이여!
부르다가 내가 죽을 이름이여!

심중에 남아 있는 말 한 마디는
끝끝내 마저 하지 못하였구나.
사랑하던 그 사람이여!
사랑하던 그 사람이여!

붉은 해는 서산 마루에 걸리었다.
사슴의 무리도 슬피 운다.
떨어져 나가 앉은 산 위에서
나는 그대의 이름을 부르노라.

설움에 겹도록 부르노라.
설움에 겹도록 부르노라.
부르는 소리는 비껴 가지만
하늘과 땅 사이가 너무 넓구나.

김
소
월

선 채로 이 자리에 돌이 되어도
부르다가 내가 죽을 이름이여!
사랑하던 그 사람이여!
사랑하던 그 사람이여!

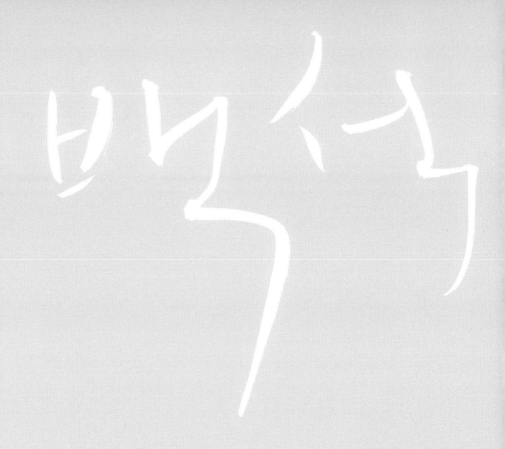

1912년~1996년

본명은 백기행. 방언을 즐겨 쓰면서도 모더니즘을 발전적으로 수용한 시들을 발표했다. 1938
년 시집 《사슴》으로 문단에 데뷔하였고, 토속적이고 민족적인 작품으로 특이한 경지를 개척
하는 데 성공했다. 광복 이후에는 고향인 북에 머물렀으며, 대표작으로는 〈나와 나타샤와 흰
당나귀〉, 〈모닥불〉, 〈고향〉 등이 있다.

나와 나타샤와
흰 당나귀

가난한 내가
아름다운 나타샤를 사랑해서
오늘밤은 푹푹 눈이 나린다

나타샤를 사랑은 하고
눈은 푹푹 날리고
나는 혼자 쓸쓸히 앉어 소주를 마신다
소주를 마시며 생각한다
나타샤와 나는
눈이 푹푹 쌓이는 밤 흰 당나귀 타고
산골로 가자 출출이 우는 깊은 산골로 가 마가리에 살자

눈은 푹푹 나리고
나는 나타샤를 생각하고
나타샤가 아니 올 리 없다
언제 벌써 내 속에 고조곤히 와 이야기한다
산골로 가는 것은 세상한테 지는 것이 아니다
세상 같은 건 더러워 버리는 것이다

눈은 푹푹 나리고

아름다운 나타샤는 나를 사랑하고

어데서 흰 당나귀도 오늘밤이 좋아서 응앙응앙 울을 것이다

·
　　백
　　석

박각시 오는
저녁

당콩밥에 가지냉국의 저녁을 먹고 나서
바가지꽃 하이얀 지붕에 박각시 주락시 붕붕 날아오면
집은 안팎 문을 횅하니 열어젖기고
인간들은 모두 뒷등성으로 올라 멍석자리를 하고 바람을 쐬이는데
풀밭에는 어느새 하이얀 대림질감들이 한불 널리고
돌우래며 팟중이 산옆이 들썩하니 울어댄다
이리하여 한울에 별이 잔콩 마당 같고
강낭밭에 이슬이 비 오듯 하는 밤이 된다

·
백
석

내가 이렇게
외면하고

내가 이렇게 외면하고 거리를 걸어가는 것은 잠풍 날씨가 너무나 좋은 탓이고
가난한 동무가 새 구두를 신고 지나간 탓이고 언제나 꼭 같은 넥타이를 매고
고은 사람을 사랑하는 탓이다

내가 이렇게 외면하고 거리를 걸어가는 것은 또 내 많지 못한 월급이 얼마나
고마운 탓이고
이렇게 젊은 나이로 코밑수염도 길러보는 탓이고 그리고 어느 가난한 집 부엌
으로 달재 생선을 진장에 꼿꼿이 지진 것은 맛도 있다는 말이 자꾸 들려오는 탓
이다

흰 바람벽이
있어

오늘 저녁 이 좁다란 방의 흰 바람벽에

어쩐지 쓸쓸한 것만이 오고 간다

이 흰 바람벽에

희미한 십오촉 전등이 지치운 불빛을 내어던지고

때글은 다 낡은 무명샷쯔가 어두운 그림자를 쉬이고

그리고 또 달디단 따끈한 감주나 한잔 먹고 싶다고 생각하는 내 가지가지 외로운 생각이 헤매인다

그런데 이것은 또 어인 일인가

이 흰 바람벽에

내 가난한 늙은 어머니가 있다

내 가난한 늙은 어머니가

이렇게 시퍼러둥둥하니 추운 날인데 차디찬 물에 손은 담그고 무이며 배추를 씻고 있다

또 내 사랑하는 사람이 있다

내 사랑하는 어여쁜 사람이

어느 먼 앞대 조용한 개포가의 나즈막한 집에서

그의 지아비와 마주 앉아 대구국을 끓여놓고 저녁을 먹는다

벌써 어린것도 생겨서 옆에 끼고 저녁을 먹는다

백
석

그런데 또 이즈막하야 어느 사이엔가

이 흰 바람벽엔

내 쓸쓸한 얼굴을 쳐다보며

이러한 글자들이 지나간다

 —나는 이 세상에서 가난하고 외롭고 높고 쓸쓸하니 살어가도록 태어났다

  그리고 이 세상을 살아가는데

  내 가슴은 너무도 많이 뜨거운 것으로 호젓한 것으로 사랑으로 슬픔으로

 가득찬다

그리고 이번에는 나를 위로하는 듯이 나를 울력하는 듯이

눈질을 하며 주먹질을 하며 이런 글자들이 지나간다

 —하늘이 이 세상을 내일 적에 그가 가장 귀해하고 사랑하는 것들은 모두

  가난하고 외롭고 높고 쓸쓸하니 그리고 언제나 넘치는 사랑과 슬픔 속에

 살도록 만드신 것이다

  초생달과 바구지꽃과 짝새와 당나귀가 그러하듯이

  그리고 또 '프랑시쓰 쨈'과 '도연명'과 '라이넬 마리아 릴케'가 그러하듯이

백

석

여승

여승은 합장하고 절을 했다
가지취의 내음새가 났다
쓸쓸한 낯이 옛날같이 늙었다
나는 불경처럼 서러워졌다

평안도의 어느 산 깊은 금덤판
나는 파리한 여인에게서 옥수수를 샀다
여인은 나어린 딸아이를 따리며 가을밤같이 차게 울었다

섶벌같이 나아간 지아비 기다려 십 년이 갔다
지아비는 돌아오지 않고
어린 딸은 도라지꽃이 좋아 돌무덤으로 갔다

산꿩도 섧게 울은 슬픈 날이 있었다
산절의 마당귀에 여인의 머리오리가 눈물방울과 같이 떨어진 날이 있었다

선우사

_함주시초4

낡은 나조반에 흰밥도 가재미도 나도 나와 앉어서
쓸쓸한 저녁을 맞는다

흰밥과 가재미와 나는
우리들은 그 무슨 이야기라도 다 할 것 같다
우리들은 서로 미덥고 정답고 그리고 서로 좋구나

우리들은 맑은 물밑 해정한 모래톱에서 하구 긴 날을 모래알만 헤이며 잔뼈가
굵은 탓이다

바람 좋은 한벌판에서 물닭이 소리를 들으며 단이슬 먹고 나이 들은 탓이다

외따른 산골에서 소리개소리 배우며 다람쥐 동무하고 자라난 탓이다

우리들은 모두 욕심이 없어 희여졌다
착하디 착해서 세괏은 가시 하나 손아귀 하나 없다
너무나 정갈해서 이렇게 파리했다

우리들은 가난해도 서럽지 않다
우리들은 외로워할 까닭도 없다
그리고 누구 하나 부럽지도 않다

흰밥과 가재미와 나는
우리들이 같이 있으면
세상 같은 건 밖에 나도 좋을 것 같다

모닥불

  새끼오리도 헌신짝도 소똥도 갓신창도 개니빠디도 너울쪽도 짚검불도 가락잎
도 머리카락도 헝겊 조각도 막대꼬치도 기왓장도 닭의 깃도 개터럭도 타는 모닥불

  재당도 초시도 문장 늙은이도 더부살이 아이도 새사위도 갓사둔도 나그네도 주인
도 할아버지도 손자도 붓장사도 땜쟁이도 큰개도 강아지도 모두 모닥불을 쪼인다

  모닥불은 어려서 우리 할아버지가 어미아비 없는 서러운 아이로 불상하니도
몽둥발이가 된 슬픈 역사가 있다

바다

바닷가에 왔드니
바다와 같이 당신이 생각만 나는구려
바다와 같이 당신을 사랑하고만 싶구려

구붓하고 모래톱을 오르면
당신이 앞선 것만 같구려
당신이 뒤선 것만 같구려

그리고 지중지중 물가를 거닐면
당신이 이야기를 하는 것만 같구려
당신이 이야기를 끊은 것만 같구려

바닷가는
개지꽃에 개지 아니 나오고
고기비눌에 하이얀 햇볕만 쇠리쇠리하야
어쩐지 쓸쓸만 하구려 섧기만 하구려

수라

거미새끼 하나 방바닥에 나린 것을 나는 아무 생각 없이 문밖으로 쓸어버린다
차디찬 밤이다

어니젠가 새끼거미 쓸려나간 곳에 큰거미가 왔다
나는 가슴이 짜릿한다
나는 또 큰거미를 쓸어 문밖으로 버리며
찬 밖이라도 새끼 있는 데로 가라고 하며 서러워한다

이렇게 해서 아린 가슴이 싹기도 전이다
어데서 좁쌀알만한 알에서 가제 깨인 듯한 발이 채 서지도 못한 무척 작은 새
끼거미가 이번엔 큰거미 없어진 곳으로 와서 아물거린다
나는 가슴이 메이는 듯하다
내 손에 오르기라도 하라고 나는 손을 내어미나 분명히 울고불고 할 이 작은
것은 나를 무서우이 달어나버리며 나를 서럽게 한다
나는 이 작은 것을 고이 보드러운 종이에 받어 또 문밖으로 버리며
이것이 엄마와 누나나 형이 가까이 이것의 걱정을 하며 있다가 쉬이 만나기나
했으면 좋으련만 하고 슬퍼한다

가무래기의
락

가무락조개 난 뒷간거리에
빚을 얻으려 나는 왔다
빚이 안 되어 가는 탓에
가무래기도 나도 모도 춥다
추운 거리의 그도 추운 능당 쪽을 걸어가며
내 마음은 웃줄댄다 그 무슨 기쁨에 웃줄댄다
이 추운 세상의 한 구석에
맑고 가난한 친구가 하나 있어서
내가 이렇게 추운 거리를 지나온 걸
얼마나 기뻐하며 낙단하고
그즈런히 손깍지베개하고 누어서
이 못된 놈의 세상을 크게 크게 욕할 것이다

1925년~1980년

1955년 『현대문학』에 〈가을의 노래〉로 박두진의 추천을 받아 문단에 나왔다. 향토적인 사물

이나 지나쳐버리기 쉬운 것들을 시적으로 여과시켜 전원적·향토적인 서정의 세계를 심화하

였다. 한국적 정서를 간결한 언어의 아름다움으로 표현한 시인으로 평가받으며 《싸락눈》, 《강

아지풀》, 《먼 바다》 등의 시집을 발표했다.

겨울밤

잠 이루지 못하는 밤 고향집 마늘밭에 눈은 쌓이리.
잠 이루지 못하는 밤 고향집 추녀밑 달빛은 쌓이리.
발목을 벗고 물을 건너는 먼 마을.
고향집 마당귀 바람은 잠을 자리.

눈

하늘과 언덕과 나무를 지우랴
눈이 뿌린다
푸른 젊음과 고요한 흥분이 서린
하루하루 낡아가는 것 위에
눈이 뿌린다
스쳐가는 한 점 바람도 없이
송이눈 찬란히 퍼붓는 날은
정말 하늘과 언덕과 나무의
한계는 없다
다만 가난한 마음도 없이 이루어지는
하얀 단층

박
용
래

낮달

반쯤은 둔벙에 묻힌
창포 실뿌리 눈물 지네
맨드라미 꽃판 총총 여물어
그늘만 길어가네
절구에 깻단을 털으시던
어머니 생시같이
오솔길에 낮달도 섰네

•

박
용
래

먼 바다

마을로 기우는
언덕, 머흐는
구름에

낮게 낮게
지붕 밑 드리우는
종소리에

돛을 올려라

어디메, 막 피는
접시꽃
새하얀 매디마다

감빛 돛을 올려라

오늘의 아픔
아픔의
먼 바다에

그 봄비

오는 봄비는 겨우내 묻혔던 김칫독 자리에 모여 운다

오는 봄비는 헛간에 엮어 단 시래기 줄에 모여 운다

하루를 섬섬히 버들눈처럼 모여 서서 우는 봄비여

모스러진 돌절구 바닥에도 고여 넘치는 이 비천함이여

박
용
래

울타리 밖

머리가 마늘쪽같이 생긴 고향의 소녀와
한여름을 알몸으로 사는 고향의 소년과
같이 낯이 설어도 사랑스러운 들길이 있다

그 곁에 아지랑이가 피듯 태양이 타듯
제비가 날듯 길을 따라 물이 흐르듯 그렇게
그렇게

천연히

울타리 밖에도 화초를 심는 마을이 있다
오래오래 잔광이 부신 마을이 있다
밤이면 더 많이 별이 뜨는 마을이 있다.

박
용
래

고향

눌더러 물어 볼까 나는 슬프냐 장닭꼬리 날리는 하얀 바람 봄길 여기사 부여,
고향이란다 나는 정말 슬프냐.

박
용
래

엉겅퀴

잎새를 따 물고 돌아서 잔다
이토록 갈피없이 흔들리는 옷자락

몇 발자국 안에서 그날
엷은 웃음살마저 번져도

그리운 이 지금은 너무 멀리 있다
어쩌면 오직 너 하나만을 위해

기운 피곤이 보랏빛 홍분이 되어
슬리는 저 능선

함부로 폈다
목놓아 진다

박
용
래

구절초

누이야 가을이 오는 길목 구절초 매디매디 나부끼는 사랑아
내 고장 부소산 기슭에 지천으로 피는 사랑아
뿌리를 대려서 약으로도 먹던 기억
여학생이 부르면 마아가렛
여름 모자 차양이 숨었는 꽃
단추 구멍에 달아도 머리핀 대신 꽂아도 좋을 사랑아
여우가 우는 추분 도깨비불이 스러진 자리에 피는 사랑아
누이야 가을이 오는 길목 매디매디 눈물 비친 사랑아.

·
박
용
래

연시

여름 한낮
비름잎에
꽂힌 땡볕이
이웃 마을
돌담 위
연시로 익다
한쪽 볼
서리에 묻고
깊은 잠자다
눈 오는 어느 날
깨어나
제상 아래
심지 머금은
종발로 빛나다

박
용
래

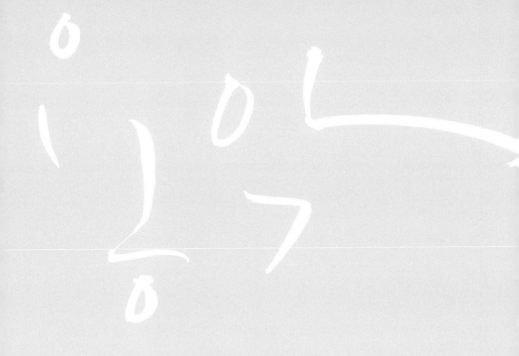

1914년~1971년

일본 조치대학 재학 중인 1935년,『시인문학』에 〈패배자의 소원〉을 발표하면서 등단했다. 시집《분수령》과《낡은 집》으로 문단의 주목을 받았다. 당시 조선 민중의 궁핍한 현실을 예민한 감수성과 풍부한 사상으로 작품에 녹여냈으며, 서정주·오장환과 함께 3대 시인으로 불렸다. 《오랑캐꽃》,《이용악집》등의 시집을 펴냈다.

고독

땀내 나는
고달픈 사색 그 복판에
소낙비 맞은 허수아비가 그리어졌다
모초리 수염을 꺼리는 허수아비여
주잖은 너의 귀에
풀피리소리마저 멀어졌나 봐

•
이
용
악

북쪽

북쪽은 고향

그 북쪽은 여인이 팔려간 나라

머언 산맥에 바람이 얼어붙을 때

다시 풀릴 때

시름 많은 북쪽 하늘에

마음은 눈 감을 줄 모르다

이
용
악

죽음

별과 별들 사이를
해와 달 사이 찬란한 허공을 오래도록 헤매다가
끝끝내
한번은 만나야 할 황홀한 꿈이 아니겠습니까

가장 높은 덕이요 똑바른 사랑이요
오히려 당신은 영원한 생명

나라에 큰 난 있어 사나이들은 당신을 향할지라도
두려울 법 없고
충성한 백성만을 위하여 당신은
항상 새 누리를 꾸미는 것이었습니다

아무도 이르지 못한 바닷가 같은 데서
아무도 살지 않은 풀 우거진 벌판 같은 데서
말하자면
헤아릴 수 없는 옛적 같은 데서
빛을 거느린 당신

이
용
악

다리 위에서

바람이 거센 밤이면
몇 번이고 꺼지는 네모난 장명등을
궤짝 밟고 서서 몇 번이고 새로 밝힐 때
누나는
별 많은 밤이 되려 무섭다고 했다

국숫집 찾아 가는 다리 위에서
문득 그리워지는
누나도 나도 어려선 국숫집 아이

단오도 설도 아닌 풀벌레 우는 가을철
단 하루
아버지의 제삿날만 일을 쉬고
어른처럼 곡을 했다

이
용
악

연못

밤이라면 별모래 골고루 숨 쉴 하늘
생각은 노새를 타고
갈꽃을 헤치며 오막살이로 돌아가는 날

두셋 잠자리
대일랑 말랑 물머리를 간질이고
연못 잔잔한 가슴엔 내만 아는
근심이 소스라쳐 붐비다

깊이 물밑에 자리잡은 푸른 하늘
얼굴은 어제보담 희고
어쩐지 어쩐지 못 미더운 날

장마 개인 날

하늘이 해오리의 꿈처럼 푸르러
한 점 구름이 오늘 바다에 떨어지련만
마음에 안개 자옥이 피어오른다
너는 해바라기처럼 웃지 않아도 좋다
배고프지 나의 사랑아
엎디어라 어서 무릎에 엎디어라

집

밤마다 꿈이 많아서
나는 겁이 많아서
어깨가 처지는 것일까

끝까지 끝까지 웃는 낯으로
아이들은 층층계를 내려가버렸나 본데
벗 없을 땐
집 한 칸 있었으면 덜이나 곤하겠는데

타지 않는 저녁 하늘을
가벼운 병처럼 스쳐 흐르는 시장기
어쩌면 몹시두 아름다워라
앞이건 뒤건 내 가차이 모올래 오시이소

눈감고 모란을 보는 것이요
눈 감고
모란을 보는 것이요

꽃가루
속에

배추밭 이랑을 노오란 배추꽃 이랑을

숨가쁘게 마구 웃으며 달리는 것은

어디서 네가 나직이 부르기 때문에

배추꽃 속에 살며시 흩어놓은 꽃가루 속에

나두야 숨어서 너를 부르고 싶기 때문에

이
용
악

노래 끝나면

손뼉 칩시다 정을 다하여
우리 손뼉 칩시다

노새나 나귀를 타고
방울소리며 갈꽃을 새소리며 달무리를
즐기려 가는 것은 아니올시다

청기와 푸른 등을 밟고 서서
웃음 지으십시오
아이들은 한결같이 손을 저으며
멀어지는 나의 뒷모양 물결치는 어깨를
눈부시게 바라보라요

누구나 한번은 자랑하고 싶은
모든 사람의 고향과
나의 길은 황홀한 꿈속에 요요히 빛나는 것

손뼉 칩시다 정을 다하여
우리 손뼉 칩시다

이
용
악

무자리와
꽃

가슴은 뫼풀 우거진 벌판을 묻고
가슴은 어느 초라한 자리에 묻힐지라도
만날 것을
아득한 다음날 새로이 만나야 할 것을

마음 그늘진 두던에 엎디어
함께 살아온 너
어디로 가나

불타는 꿈으로 하여 자랑이던
이 길을 네게 나누자
흐린 생각을 밟고 너만 어디로 가나

눈을 감으면 너를 따라
자욱 자욱 꽃을 디딘다
휘휘로운 마음에 꽃잎이 흩날린다

이
용
악

1907년~1974년

중앙불교전문강원에서 불전을 연구한 신석정은 1931년 김영랑, 정지용 등과 함께 『시문학』
동인으로 활동하며 본격적인 작품활동을 전개했다. 1939년 〈그 먼 나라를 알으십니까〉, 〈아
직은 촛불을 켤 때가 아닙니다〉가 수록된 처녀 시집 《촛불》을 통해 전원시인, 목가시인이라는
평가를 받으며 동양적 낭만주의에 입각한 작품을 남겼다.

임께서
부르시면

가을날 노랗게 물들인 은행잎이
바람에 흔들려 휘날리듯이
그렇게 가오리다
임께서 부르시오면……

호수에 안개 끼어 자욱한 밤에
말없이 재 넘는 초승달처럼
그렇게 가오리다
임께서 부르시면……

포근히 풀린 봄 하늘 아래
굽이굽이 하늘가에 흐르는 물처럼
그렇게 가오리다
임께서 부르시면……

파—란 하늘에 백로가 노래하고
이른 봄 잔디밭에 스며드는 햇볕처럼
그렇게 가오리다
임께서 부르시면……

신
석
정

그 먼 나라를
알으십니까

어머니
당신은 그 먼 나라를 알으십니까?

깊은 삼림지대를 끼고 돌면
고요한 호수에 흰 물새 날고
좁은 들길에 야장미 열매 붉어
멀리 노루새끼 마음놓고 뛰어다니는
아무도 살지 않는 그 먼 나라를 알으십니까?

그 나라에 가실 때에는 부디 잊지 마서요
나와 같이 그 나라에 가서 비둘기를 키웁시다

어머니
당신은 그 먼 나라를 알으십니까?

산비탈 넌즈시 타고 나려오면
양지밭에 흰 염소 한가히 풀 뜯고
길 솟는 옥수수밭에 해는 저물어 저물어
먼 바다 물소리 구슬피 들려오는
아무도 살지 않는 그 먼 나라를 알으십니까?

어머니 부디 잊지 마서요
그때 우리는 어린 양을 몰고 돌아옵시다

어머니
당신은 그 먼 나라를 알으십니까?

오월 하늘에 비둘기 멀리 날고
오늘처럼 촐촐히 비가 나리면
꿩소리도 유난히 한가롭게 들리리다
서리가마귀 높이 날아 산국화 더욱 곱고
노란 은행잎이 한들한들 푸른 하늘에 날리는
가을이면 어머니! 그 나라에서
양지밭 과수원에 꿀벌이 잉잉거릴 때
나와 함께 고 새빨간 능금을 또옥 똑 따지 않으렵니까?

나무들도

우리들이 만나면
서로 이야기하듯

나무들도
저렇게 모여 서선 이야기하나봅니다.

봄엔
봄 이야기

여름엔
여름 이야기

가을엔
가을 이야길 하다가두

겨울이 오면
헐벗은 채 입을 꼭 다물고

오는 봄을 기다리며
나무들도 살아가나봅니다.

·
신
석
정

노을 속에
서서

빨갛게 타는 노을 속
바람과 새는 숲으로 갔다.

인젠 구름도 지쳐
산마루를 서성거리는데

강언덕 하얀 길을
황혼만 걸어오고

서럽고 어무찬 이야기
두고 온 고향도 멀어

타는 노을 속에 서서
난 오늘도 너를 부른다.

그 마음에는

그 사사스러운 일로
정히 닦아온 마음에
얼룩진 그림자를 보내지 말라.

그 마음에는
한 그루 나무를 심어
꽃을 피게 할 일이요

한 마리
학으로 하여
노래를 부르게 할 일이다.

대숲에
자취 없이
바람이 쉬어 가고

구름도
흔적 없이
하늘을 지나가듯

신

석

정

어둡고
흐린 날에도
흔들리지 않도록 받들어

그 마음에는
한 마리 작은 나비도
너그럽게 쉬어 가게 하라.

산은
숨어버리고

장마속에
빗발 따라
산은 오고 가더니

오늘은
뿌우연 빗속에
산은 영영 숨어버리고……

후드드득
파초에 비 듣는 소리
걷잡을 길 없이 설레는 마음인데,

산내음 묻어 오는
밀하부리 울음 속을
태산목꽃 소리없이 벙근다.

우두루루
가끔 원뢰만 들려오고
세상은 아무 일도 없는 듯
조용하다.

소곡 2

오고 가고
가고 오고
세월의 체중도 무거운
분수령에서

물 가듯
꽃 지듯
떠나야 할 우리도 아니기에

서럽지 않은 날을
기다리면서
다시 삼백예순 날을 살아가리라.

마음에 지니고

청산에
자고 이는 구름도
마음에 지니고

구름에
실려 가는 학두루미도
마음에 지니고

학두루미
하늘에 부는 피리 젓대
마음에 지니고

피리 젓대
안고 쉬는 대숲의 바람도
마음에 지니고

바람에
몰려오는 눈발도
마음에 지니고

・

신
석
정

눈발에
묻어 오는 봄으로 입덧나는
겨울도 마음에 지니고

신
석
정

영산홍

섧고도 사무친 일이사
어제 오늘 비롯한 건 아니어

하늘에 솟구쳐 사는
청산에도 비구름은 덮이던걸……

대바람 소리 들으면서
은발이랑 날리면서

어린 손줄 안고 서서
영산홍을 바라본다.

신
석
정

대숲에 서서

대숲으로 간다
대숲으로 간다
한사코 성근 대숲으로 간다

자욱한 밤 안개에 버레소리 젖어 흐르고
버레소리에 푸른 달빛이 배어 흐르고

대숲은 좋더라
성글어 좋더라
한사코 서러워 대숲은 좋더라

꽃가루 날리듯 흥건히 드는 달빛에
기척 없이 서서 나도 대같이 살거나

신
석
정

1915년~1978년

본명 박영종. 1940년 정지용의 추천을 받아 『문장』에 〈길처럼〉을 발표하며 등단했다. 민족 정
서를 깊이 있게 탐구하여 우리 민족의 감수성과 상상력의 높은 경지를 보여준 시인이다. 저서
로는 박두진, 조지훈과의 3인 합동 시집 《청록집》과 개인 시집 《산도화》, 《난 · 기타》, 《청담》
등이 있다.

임

내사 애달픈 꿈꾸는 사람
내사 어리석은 꿈꾸는 사람

밤마다 홀로
눈물로 가는 바위가 있기로

기인 한밤을
눈물로 가는 바위가 있기로

어느 날에사
어둡고 아득한 바위에
절로 임과 하늘이 비치리오

박
목
월

산이 날
에워싸고

산이 날 에워싸고
씨나 뿌리며 살아라 한다
밭이나 갈며 살아라 한다

어느 짧은 산자락에 집을 모아
아들 낳고 딸을 낳고
흙담 안팎에 호박 심고
들찔레처럼 살아라 한다
쑥대밭처럼 살아라 한다

산이 날 에워싸고
그믐달처럼 사위어지는 목숨
그믐달처럼 살아라 한다
그믐달처럼 살아라 한다

귀밑 사마귀

잠자듯 고운 눈썹 위에
달빛이 나린다
눈이 쌓인다
옛날의 슬픈
피가 맺힌다
어느 강을 건너서
다시 그를 만나랴
살눈썹 길슴한
옛 사람을

산수유꽃 노랗게
흐느끼는 봄마다
도사리고 앉인 채
도사리고 앉인 채
울음 우는 사람
귀밑 사마귀

박
목
월

4월의 노래

목련꽃 그늘 아래서
베르테르의 편질 읽노라
구름꽃 피는 언덕에서 피리를 부노라
아 멀리 떠나와 이름 없는 항구에서
배를 타노라
돌아온 4월은 생명의 등불을 밝혀 든다
빛나는 꿈의 계절아
눈물어린 무지개 계절아

목련꽃 그늘 아래서
긴 사연의 편질 쓰노라
클로버 피는 언덕에서 휘파람 부노라
아 멀리 떠나와 깊은 산골 나무 아래서
별을 보노라
돌아온 4월은 생명의 등불을 밝혀 든다
빛나는 꿈의 계절아
눈물어린 무지개 계절아

•

박

목

월

기계 장날

아우 보래이
사람 한 평생
이러쿵 살아도
저러쿵 살아도
시큰둥하구나
누군
왜, 살아 사는 건가
그렁저렁
그저 살믄
오늘같이 기계장도 서고
허연 산뿌리 타고 내려와
아우님도
만나잖는가베
안 그런가 잉
이 사람아.
누군
왜 살아 사는 건가.

・
박
목
월

그저 살믄
오늘 같은 날
지게목발 받쳐 놓고
어슬어슬한 산비알 바라보며
한 잔 술로
소회도 풀잖는가.
그게 다
기막히는기라
다 그게
유정한기라.

박
목
월

나그네

— 술 익은 강마을의 저녁 노을이여

강나루 건너서
밀밭 길을

구름에 달 가듯이
가는 나그네

길은 외줄기
남도 삼백리

술 익은 마을마다
타는 저녁놀

구름에 달 가듯이
가는 나그네

．
박
목
월

길 처 럼

머언 산 구비구비 돌아갔기로
산구비마다 구비마다
절로 슬픔은 일어……

뵈일 듯 말 듯한 산길
산울림 멀리 울려 나가다
산울림 홀로 돌아 나가다
……어쩐지 어쩐지 울음이 돌고
생각처럼 그리움처럼……

길은 실낱 같다

•

박
목
월

달무리

달무리 뜨는
달무리 뜨는
외줄기 길을
홀로 가노라
나 홀로 가노라
  옛날에도 이런 밤엔
  홀로 갔노라

맘에 솟는 빈 달무리
둥둥 띄우며
나 홀로 가노라
울며 가노라
  옛날에도 이런 밤엔
  울며 갔노라

박
목
월

가정

지상에는
아홉 켤레의 신발.
아니 현관에는 아니 들깐에는
아니 어느 시인의 가정에는
알전등이 켜질 무렵을
문수가 다른 아홉 켤레의 신발을.

내 신발은
십구문반.
눈과 얼음의 길을 걸어,
그들 옆에 벗으면
육문삼의 코가 납작한
귀염둥아 귀염둥아
우리 막내둥아.

미소하는
내 얼굴을 보아라.
얼음과 눈으로 벽을 짜올린
여기는
지상.

박
목
월

연민한 삶의 길이여.

내 신발은 십구문반.

아랫목에 모인

아홉 마리의 강아지야

강아지 같은 것들아.

굴욕과 굶주림의 추운 길을 걸어

내가 왔다.

아버지가 왔다.

아니 십구문반의 신발이 왔다.

아니 지상에는

아버지라는 어설픈 것이

존재한다.

미소하는 내 얼굴을 보아라.

·
박
목
월

박꽃

흰 옷자락 아슴아슴
사라지는 저녁답
썩은 초가지붕에
하얗게 일어서
가난한 살림살이
자근자근 속삭이며
박꽃 아가씨야
박꽃 아가씨야
짧은 저녁답을
말없이 울자

•
박
목
월

1891년~1968년

시조학자이자 국문학자였던 가람 이병기는 시조 부흥운동을 주도한 한국 대표 시조 시인이
다. 주시경 선생의 조선어문법 강의를 들었고, 조선어연구회와 시조회를 발족해 민족 문학을
보급하는 데 앞장섰다. 그는 시조는 낡은 규범을 그대로 따르는 게 아니라 창작하는 것이라고
주장하며 새로운 운동을 펼쳤다. 저서로는 《가람시조집》,《가람문선》 등이 있다.

구름

새벽 동쪽 하늘 저녁은 서쪽 하늘
피어나는 구름과 그 빛과 그 모양을
꽃이란 꽃이라 한들 그와 같이 고우리.

그 구름 나도 되어 허공에 뜨고 싶다.
바람을 타고 동으로 가다 서으로 가다
아무런 자취가 없이 스러져도 좋으리.

이
병
기

냉이꽃

밤이면 그 밤마다 잠은 자야 하겠고
낮이면 세 때 밥은 먹어야 하겠고
그리고 또한 때로는 시도 읊고 싶고나

지난 봄 진달래와 올 봄에 피는 진달래가
지난 여름 꾀꼬리와 올 여름에 우는 꾀꼬리가
그 얼마 다를까마는 새롭다고 않는가

태양이 그대로라면 지구는 어떨 건가
수소탄 원자탄은 아무리 만든다더라도
냉이꽃 한 잎에겐들 그 목숨을 뉘 넣을까

송별

재 너머 두서너 집 호젓한 마을이다
촛불을 다시 혀고 잔 들고 마주 앉아
이야기 끝이 못 나고 밤은 벌써 깊었다

눈이 도로 얼고 산머리 달은 진다
잡아도 뿌리치고 가시는 이 밤의 정이
십 리가 못되는 길도 백 리도곤 멀어라

이
병
기

난초 3

오늘도 온종일 두고 비는 줄줄 내린다
꽃이 지던 난초 다시 한 대 피어나며
고적한 나의 마음을 적이 위로하여라

나도 저를 못 잊거니 저도 나를 따르는지
외로 돌아 앉아 책을 앞에 놓아 두고
장장이 넘길 때마다 향을 또한 일어라

·
이
병
기

볕

보릿잎 포롯포롯 종다리 종알종알
나물 캐던 큰아기도 바구니 던져두고
따듯한 언덕 머리에 콧노래만 잦았다

볕이 솔솔 스며들어 옷이 도리어 주체스럽다
바람은 한결 가볍고 구름은 동실동실
이 몸도 저 하늘로 동동 떠오르고 싶다

고향으로
돌아가자

고향으로 돌아가자 나의 고향으로 돌아가자
암 데나 정들면 못 살리 없으련마는
그래도 나의 고향이 아니 가장 그리운가

방과 곳간들이 모두 잿더미 되고
장독대마다 질그릇 쪼각만 남았으나
게다가 움이라도 묻고 다시 살아봅시다

삼베 무명옷 입고 손마다 괭이 잡고
묵은 그 밭을 파고 파고 일구고
그 흙을 새로 걸구어 심고 걷고 합시다

매화 2

더딘 이 가을도 어느덧 다 지나고
울 밑에 시든 국화 캐어 다시 옮겨두고
호올로 술을 대하다 다시 생각나외다

뜨다 지는 달이 숲 속에 어른거리고
가는 별똥이 번개처럼 빗날리고
두어 집 외딴 마을에 밤은 고요하외다

자주 된서리치고 찬바람 닥쳐오고
여윈 귀뚜리 점점 소리도 얼고
던져둔 매화 한 등걸 저나 봄을 아외다

이
병
기

고서

던져 놓인 대로 고서는 산란하다
해마다 피어 오던 매화도 없는 겨울
한종일 글을 씹어도 배는 아니 부르다

좀먹다 썩어지다 하찮이 남은 그것
푸르고 누르고 천 년이 하루 같고
검다가 도로 흰 먹이 이는 향은 새롭다

홀로 밤을 지켜 바라던 꿈도 잊고
그윽한 이 우주를 가만히 엿보고
빛나는 별을 더불어 가슴속을 밝힌다

저무는 가을

들마다 늦은 가을 찬바람이 움직이네
벼이삭 수수이삭 으슬으슬 속살이고
밭머리 해 그림자도 바쁜 듯이 가누나

무 배추 밭머리에 바구니 던져 두고
젖먹는 어린아이 안고 앉은 어미 마음
늦가을 저문 날에도 바쁜 줄을 모르네

봄아침

설레던 바람 자고 서리는 고이 내렸다
해 돋아 오르고 멀리 안개는 잦았다
떼지어 까마귀들은 어느 메로 가는고

아직 이 걸음이 하루 백 리는 가겠다
이리저리 다니며 맘대로 놀고져라
가다가 우러러보며 너를 나는 부럽다

이
병
기

김용택이
뽑은
숨어 있는
명시 12

1898년~1940년

낭만적 감상주의에 기초하여 1920년대 청춘기의 정서를 표현하는 시를 썼다. 시
와 산문에서 소녀적인 취향의 문장으로 명성을 떨쳤다.

1908년~1953년

시인, 문학평론가, 영화배우, 혁명가로 활동하며 '조선의 랭보'라 불렸다. 프롤레
타리아 문학과 계급혁명 운동을 주도했다.

1916년~1998년

청록파 시인 중 한 명으로 자연을 통해 시대의 부정적 가치를 비판하면서도 절대
적 가치를 추구하는 작품을 발표했다.

1916년~1946년

서정주, 김동리, 오장환 등과 동인지 『시인부락』을 창간했다. 불안과 비애, 사랑과
동경에 관한 30여 편의 작품을 남겼다.

1920년~1968년

민족 정서를 섬세하고 우아하게 노래한 시인으로 유명하다. 청록파 시인 중 한 명
으로 서정적이고 동양적인 미를 추구했다.

1900년~1929년

섬세한 감각과 심미적인 이미지를 작품에 표출시킨 시인이다. 주요 작품으로 〈봄
은 고양이로다〉, 〈하일소경〉 등이 있다.

1918년~1948년

15세 어린 나이에 등단하여 《성벽》, 《헌사》, 《병든 서울》 등의 시집을 냈다. 서정
주, 이용악과 함께 '시단의 천재'로 화려한 주목을 받았다.

1926년~1956년

〈목마와 숙녀〉, 〈세월이 가면〉 등의 시를 썼고, 도시 문명의 우울과 불안을 감상적
인 시풍으로 노래했다.

1901년~1943년

식민지 치하의 민족적 비애와 일제에 항거하는 저항의식을 기조로 삼은 민족주의
시인이다. 〈빼앗긴 들에도 봄은 오는가〉, 〈나의 침실로〉가 유명하다.

1930년~1969년

〈껍데기는 가라〉를 쓴 1960년대 대표적인 민족주의 시인이자 참여 시인이다. 치
열한 현실의식과 역사의식, 민족의식을 바탕으로 시를 썼다.

1904년~1944년

시인이자 독립운동가. 〈광야〉, 〈절정〉처럼 강인하고 담대한 민족시 외에도 〈청포
도〉처럼 서정적이고 목가적인 작품을 남겼다.

1907년~1943년

사회의식을 강조한 사실적인 작품으로 억압받는 하층 여성을 대변했던, 식민지
시기 최고의 소설가다. 1930년대 문단에 독특한 위치를 차지했다.

설야

노자영

어느 그리운 이를 찾아오는 고운 발자욱이기에
이다지도 사뿐사뿐 조심성스러운고?

창장을 새여 새여 툇돌 위에 불빛이 희미한데
메밀꽃 피는 듯 흰 눈이 말없이 내려

호젓한 가슴 먼 옛날이 그립구나
뜰 앞에 두 활개 느리고 섰노라면
애무하는 듯 내 머리에 송이송이 쌓이는 흰 눈

아, 이 마음 흰 눈 위에, 가락가락
옛날의 조각을 다시 맞추며
슬픈 추억을 고이 부르다

노
자
영

자고 새면
— 벗이여 나는 이즈음 자꾸만 하나의 운명이란 것을 생각코 있다

임화

자고 새면
이변을 꿈꾸면서
나는 어느 날이나
무사하기를 바랐다

행복되려는 마음이
나를 여러 차례
주검에서 구해준 은혜를
잊지 않지만
행복도 즐거움도
무사한 그날그날 가운데
찾아지지 아니할 때
나의 생활은
꽃 진 장미넝쿨이었다

임
화

푸른 잎을 즐기기엔
나의 나이가 너무 어리고
마른 가지를 사랑키엔
더구나 마음이 앳되어

그만 인젠
살려고 무사하려던 생각이
믿기 어려워 한이 되어
몸과 마음이 상할
자리를 비워주는 운명이
애인처럼 그립다.

임
화

하늘

박두진

하늘이 내게로 온다.
여릿여릿
머얼리서 온다.

하늘은, 머얼리서 오는 하늘은,
호수처럼 푸르다.
호수처럼 푸른 하늘에,
내가 안긴다. 온몸이 안긴다.

가슴으로, 가슴으로,
스미어드는 하늘,
향기로운 하늘의 호흡.

따가운 볕,
초가을 햇볕으론
목을 씻고,

박
두
진

나는 하늘을 마신다.
자꾸 목말라 마신다.

마시는 하늘에
내가 익는다.
능금처럼 마음이 익는다.

해바라기의 비명

함형수

나의 무덤 앞에는 그 차가운 빗돌은 세우지 말라.

나의 무덤 주위에는 그 노오란 해바라기를 심어 달라.

그리고 해바라기의 긴 줄거리 사이로 끝없는 보리밭을 보여 달라.

노오란 해바라기는 늘 태양같이 태양같이 하던

화려한 나의 사랑이라고 생각하라.

푸른 보리밭 사이로 하늘을 쏘는 노고지리가 있거든

아직도 날아오르는 나의 꿈이라고 생각하라.

·
함
형
수

사모

조지훈

그대와 마주 앉으면
기인 밤도 짧고나

희미한 등불 아래
턱을 고이고

단둘이서 나누는
말 없는 얘기

나의 안에서
다시 나를 안아주는

거룩한 광망
그대 모습은

운명보담 아름답고
크고 밝아라

조
지
훈

물들은 나무 잎새
달빛에 젖어

비인 뜰에 귀또리와
함께 자는데

푸른 창가에
귀 기울이고

생각하는 사람 있어
밤은 차고나

조
지
훈

저 녁

버들 가지에 내 끼이고,
물 위에 나르는 제비는
어느덧 그림자를 감추었다.

그윽히 빛나는 냇물은
가는 풀을 흔들며 흐르고 있다.
무엇인지 모르는 말 중얼거리며 흐르고 있다.

누군지 다리 위에 망연히 섰다.
검은 그 양자 그리웁고나.
그도 나같이 이 저녁을 쓸쓸히 지내는가.

·
이
장
희

나의 노래

오장환

나의 노래가 끝나는 날은
내 가슴에 아름다운 꽃이 피리라.

새로운 묘에는
옛흙이 향그러
단 한 번
나는 울지도 않았다.

새야 새 중에도 종다리야
화살같이 날아가거라

나의 슬픔은
오직 님을 향하여

나의 과녁은
오직 님을 향하여

단 한 번
기꺼운 적도 없었더란다.

오
장
환

슬피 바래는 마음만이
그를 좇아
내 노래는 벗과 함께 느끼었노라.

나의 노래가 끝나는 날은
내 무덤에 아름다운 꽃이 피리라.

오
장
환

오월의 바람

박인환

그 바람은
세월을 알리고

그 바람은
내가 쓸쓸할 때 불어온다

그 바람은
나에게 젊음을 가르치고

그 바람은
봄이 떠나는 것을 말한다

그 바람은
눈물과 즐거움을 갖고 있다

그 바람은
오월의 바람

단조

비 오는 밤
가라앉은 하늘이
꿈꾸듯 어두워라.
나뭇잎마다에서
젖은 속살거림이
끊이지 않을 때일러라.
마음의 막다른
낡은 띠집에선
뉜지 모르나 까닭도 없어라.
눈물 흘리는 적 소리만
가없는 마음으로
고요히 밤을 지우다.
저─편에 늘어 서 있는
백양나무 숲의 살찐 그림자에는
잊어버린 기억이 떠돎과 같이
침울─몽롱한
「캔버스」 위에서 흐느끼다.
아! 야릇도 하여라.
야밤의 고요함은
내 가슴에도 깃들이다.

벙어리 입술로
떠도는 침묵은
추억의 녹 낀 창을
죽일 숨쉬며 엿보아라.
아! 자취도 없이
나를 껴안는
이 밤의 흩짐이 서러워라.
비 오는 밤
가라앉은 영혼이
죽은 듯 고요도 하여라.
내 생각의
거미줄 끝마다에서도
작은 속살거림은
줄곧 쉬지 않아라.

・
이
상
화

산에 언덕에

신동엽

그리운 그의 얼굴 찾을 수 없어도
화사한 그의 꽃
산에 언덕에 피어날지어이.

그리운 그의 노래 다시 들을 수 없어도
맑은 그 숨결
들에 숲 속에 살아갈지어이.

쓸쓸한 마음으로 들길 더듬는 행인아.

눈길 비었거든 바람 담을지네.
바람 비었거든 인정 담을지네.

그리운 그의 모습 다시 찾을 수 없어도
울고 간 그의 영혼
들에 언덕에 피어날지어이.

·
신
동
엽

강 건너간
노래

섣달에도 보름께 달 밝은밤
앞 냇강 쩽쩽 얼어 조이던 밤에
내가 부르던 노래는 강 건너갔소

강 건너 하늘 끝에 사막도 닿은 곳
내 노래는 제비같이 날러서 갔소

못 잊을 계집애 집조차 없다기에
가기는 갔지만 어린 날개 지치면
그만 어느 모랫불에 떨어져 타 죽겠소.

사막은 끝없이 푸른 하늘이 덮여
눈물먹은 별들이 조상 오는 밤

밤은 옛일을 무지개보다 곱게 짜내나니
한 가락 여기 두고 또 한가락 어데멘가
내가 부른 노래는 그 밤에 강 건너 갔소.

이
육
사

가을

강경애

매해 가을마다 울었더니만
뒷창문 옆에서 울었더니만
떨어지는 낙엽 좇아 울었더니만
지금은 그 가을이 또 왔어요

바람에 떨어진 벽에 의하여
겨울 의복을 꼬매이려고
힘없는 광선을 바라보면서
바눌은 번개같이 번쩍이었다

뒷문으로 가만히
누런빛 사이로 나무꾼 아해
곰방대를 찬 나무꾼 아해
가을에 벗님을 찾으펴 해

매해 가을마다 울었더니만
뒷창문 옆에서 울었더니만
떨어지는 낙엽 좇아 울었더니만
지금은 그 가을이 또 왔어요

시 제목으로
찾아보기

시인 이름으로 찾아보기

김용택의 필사해서 간직하고 싶은 한국 대표시

어쩌면 별들이 너의 슬픔을 가져갈지도 몰라+클래식

초판 1쇄 발행 2017년 6월 29일   초판 14쇄 발행 2023년 4월 26일

지은이 김용택
펴낸이 이승현

출판1 본부장 한수미
와이즈 팀장 장보라

펴낸곳 ㈜위즈덤하우스 출판등록 2000년 5월 23일 제 13-1071호
주소 서울특별시 마포구 양화로 19 합정오피스빌딩 17층
전화 02)2179-5600 홈페이지 www.wisdomhouse.co.kr

ISBN 978-89-5913-530-1 03810